Gerhild Littek

Ein fast vergessener Freund

Kurzgeschichten

Bibliografische Information der Deutschen Nationalbibliothek:

Die Deutsche Nationalbibliothek verzeichnet diese Publikation in

der Deutschen Nationalbibliografie, detaillierte bibliografische

Daten sind im Internet über dnb.dnb.de abrufbar

2. Auflage September 2022

© des Textes und des Coverfotos: Gerhild Littek

Herstellung und Verlag: BoD - Books on Demand,

Norderstedt

ISBN 978-3-7568-1428-2

Für meinen Mann und unsere drei wundervollen Kinder, die inzwischen schon erwachsen sind.

Die Autorin:

Gerhild Littek, *1967 in Köln, ist Erzieherin und Sozialpädagogin. Sie lebt mit ihrer Familie in Bergisch Gladbach. In ihrer Freizeit beschäftigt sie sich gerne mit Literatur.

Bisher von ihr veröffentlichte Kinderbücher:

- Charlies Abenteuer
- Charlie und Flocke
- Wo ist Ole?

Inhalt

Der Schnappschuss

Dies ist eine wahre Geschichte. So wahr, dass ich sie heute manchmal selbst nicht mehr glauben kann. Es war Mitte der neunziger Jahre. Damals waren wir noch jung und steckten voller Abenteuerlust. Wir machten Urlaub in Kanada. Die Lagerfeuer auf den Campingplätzen ließen uns den wilden Westen erleben. Mein Mann liebte, es Holz zu hacken. Die Steaks, die er grillte, hätten für eine fünfköpfige Familie gereicht, denn frische Luft macht ja bekanntlich hungrig.

Die atemberaubende Landschaft der Rocky Mountains hatte uns verzaubert. Bei unseren Wanderungen hatten wir viele Schneeziegen, Wapiti-Hirsche, Murmeltiere, springende Lachse und sogar einen Elch entdeckt. Nur einem Bären waren wir nicht begegnet.

Am Ende unserer Ferien besuchten wir die Verwandten meines Mannes, die in einem kleinen Ort zwischen Vancouver und Whistler lebten. John war ein großer, kräftiger Mann von Mitte sechzig. Die wachen, blauen Augen lachten jedem entgegen. Bei seinem Anblick musste ich immer an einen Bären denken. Da war sein tiefer, melodischer Bass, dazu strahlte er eine solche Ruhe aus.

„Ich glaube, Bären gibt es hier gar nicht!", hatte ich noch beim Frühstück gewitzelt. Johns Angebot, später am Tag zur Müllhalde zu fahren und die dort lebenden „rubbish bears", also die Müllbären, anzusehen, lehnte ich dankend ab.

Ich wollte lieber einen Bären in freier Wildbahn entdecken, am besten aus dem Auto ein nettes Erinnerungsfoto machen und fertig.

„Warte mal!", unterbrach mein Mann unser

Gespräch. Wir wanderten grade durch einen kleinen Provinzial Park am Brohm Lake und unterhielten uns über die vielen Urlaubseindrücke. Es war nicht mehr so heiß wie in den letzten Tagen. Nachts hatte Regen die Luft abgekühlt. Der Himmel war grau und wolkenverhangen. Eine unheimliche Stimmung lag in der trüben Luft. Seit Stunden waren wir keiner Menschenseele begegnet.

Mein Mann stoppte meinen Redefluss und zupfte mich am Ärmel.

„Guck mal, da!"

Ich guckte und erstarrte.

Genaugenommen schlug mein Herz bis zum Hals.

Da war er, der Bär, den ich unbedingt hatte sehen wollen. Nur ein paar Meter vor uns auf dem Weg.

„Deutsches Ehepaar von Bären zerfleischt!"

„Ob diese Schlagzeile morgen in der ‚Vancouver

Sun' steht?", ging es mir durch den Kopf.

Drei Bärenjunge tapsten hinterher. Die Bärenmutter sah riesig aus, wie sie fast vor uns stand. Man nennt diese Braunbären-Art aufgrund ihrer Farbe „cinnamon bear", also „Zimtbär", erfuhren wir später.

Das war mir in diesem Moment völlig egal. Mir war heiß und kalt und außerdem richtig schlecht.

Kennen Sie diesen Cartoon?

Zwei Wanderer unterhalten sich. „Es gibt hier Bären. Aber keine Sorge, Tiere greifen niemals grundlos Menschen an." In der Nähe sitzt ein Bär hinter einem Felsen und liest die Zeitung mit dem Inhalt: „Bären wehrt euch! Der Mensch zerstört euren Lebensraum und vergiftet eure Lachsgewässer!"

Mir war nicht zum Lachen zu Mute. Vielmehr spürte ich Panik in mir aufsteigen.

Im Geiste ging ich die Ratschläge in unserem

Reiseführer durch:

„Nicht weglaufen, der Bär ist sowieso schneller!"- Na, klasse!

„Nicht auf einen Baum klettern, er kann es besser!"

- Na, prima!

„Am besten, flach auf den Boden legen und sich totstellen, wenn der Bär angreift!"

– Was??? Auf gar keinen Fall!

Immer noch starrte ich auf die Bärenfamilie. Was passierte als Nächstes? Wann kam der Angriff? Ich hatte Angst, wollte einfach nur weg. Und was machte mein Mann? In aller Seelenruhe zückte er die Kamera, trat sogar noch einen Schritt auf die Bären zu, um einen Schnappschuss zu machen. War er jetzt völlig übergeschnappt? Mir blieb fast das Herz stehen.

„Ich will nach Hause!" jammerte ich so, dass er, aber hoffentlich nicht der Bär es mitbekam.

Können Bären eigentlich gut hören? Vermutlich schon. Bisher hatte unser Gegenüber jedenfalls von uns keinerlei Notiz genommen. Von mir aus konnte das ruhig so bleiben.

„Der Bär interessiert sich doch gar nicht für uns", sagte mein Mann. „Guck, er spaziert den Hügel hinauf und die Jungen hinterher! Mist, ich glaube, die Bilder sind verwackelt!"

„Na und! Ist das deine einzige Sorge? Wer weiß wie viele Bären hier gleich noch auftauchen!", regte ich mich auf.

„Komm schon, da ist kein anderer Bär. Wir gehen weiter zum Biber-Bau!"

„Ich will keinen Biber-Bau ansehen!"

„Wir singen einfach, dann traut sich kein Bär mehr in unsere Nähe. Du weißt doch, ich wollte dich immer schon bei „Wetten, dass?" anmelden, weil du 24 Stunden am Stück Kinderlieder singen kannst, ohne dich zu wiederholen!"

Haha, sehr witzig… Aber ich musste tatsächlich schmunzeln.

Das liebte ich so an meinem Mann. Niemand konnte mich so leicht zum Lachen bringen wie mein „Bär".

Inzwischen war die echte Bärenfamilie im Wald verschwunden. Mein Mann drückte mich an sich. Schließlich wanderten wir Hand in Hand weiter. Unsere Bärenglöckchen, die „bear bells" am Rucksack, bimmelten lustig im Takt zu unserer Musik. Wir sangen und sangen, alles was uns so in den Sinn kam, Hauptsache laut. Besonders bei Karnevalsliedern sind wir erstaunlich textsicher. Ich achtete nun ganz genau auf den Weg und auf jedes noch so kleine Geräusch. Da, ein Schatten. Nicht schon wieder, dachte ich. Aber diesmal war es kein wilder Bär, der uns entgegenkam. Es war John, der fröhlich in unseren Gesang einstimmte. Übrigens ist keiner unserer Schnappschüsse etwas geworden. Damals gab es noch keine Digitalkameras. Wir mussten uns überraschen lassen, was bei der Filmentwicklung herauskam. Mein Mann hatte vor lauter Aufregung nur zweimal auf den Auslöser gedrückt. Die Fotos waren tatsächlich völlig unscharf und verwackelt. Nur mit viel Fantasie konnte man aus dem undeutlichen Schatten einen Bären erkennen.

Ich dachte mir eine neue Schlagzeile für die „Vancouver Sun" aus: *„Deutsches Ehepaar ging Zimtbären am A… vorbei!"*

Der Seebär

Dieser Morgen war sonnig und klar.

Das kleine Fischerdorf an der kanadischen Pazifikküste erwachte aus seinem Dornröschenschlaf. Und mit ihm Arthur, der alte Seebär. Seit Tagen war die Bucht im dichten Nebel versunken wie unter einem Berg Watte. Heute Morgen wurde er von den hellen Sonnenstrahlen geweckt. Er blinzelte ins Licht, wischte sich den Schlaf aus den Augen und seufzte tief. Aus diesem schönen Traum wollte er nicht erwachen. Er lief mit ihr Hand in Hand durch den grobkörnigen Sand, vorbei an Muschelbänken und Treibholz, das die Witterung weiß gefärbt hatte. Peggys bunter Schal flatterte wie eine Fahne im Wind. Hinter ihnen erstreckte sich ein großer, dunkler Zedernwald, dessen

Bäume in den Himmel wuchsen. Die salzige Luft war sommerlich warm. Ihre nackten Beine wurden von den Wellen umspült. Das kalte Wasser schmerzte an den Knöcheln, die Kälte zog bis zu den Knien hinauf, aber sie liefen immer wieder hinein und ließen sich schließlich lachend und völlig außer Atmen in den warmen Sand fallen.

Arthur öffnete die Augen. Der Platz neben ihm war leer. Seine Frau Peggy war im vergangenen Frühjahr gestorben. Jeder Gedanke an sie schmerzte noch immer. Doch Träume hielten die Erinnerung an sie für ihn am Leben.

Der Geruch von frischem Kaffee stieg ihm in die Nase. Er runzelte die Stirn. Träumte er mit offenen Augen? Peggy hatte ihm oft ein „Seebärenfrühstück" zubereitet. Tag für Tag, Jahr für Jahr. Eier mit Speck, Toast und dazu starken Kaffee. Allerdings hatte er das Frühstück weniger angebrannt in Erinnerung. Da hörte er seinen Terrier Brandy bellen und sogleich eine Kinderstimme: „Sei still, Brandy, du weckst noch Grandpa auf."

E M I L Y, schoss es ihm durch den Kopf. Sofort kam Leben in seine alten Knochen. Er schwang sich aus dem Bett, zog seinen dunkelblauen Wollpullover mit dem Zopfmuster über den Kopf, setzte sein Nasenfahrrad, die Nickelbrille, auf und betrachtete im Vorbeigehen sein Spiegelbild. Ein großer, kräftiger Mann mit einer hohen Stirn, faltigem, von der Sonne gebräuntem Gesicht und einem nahezu weißen Bart blickte ihm entgegen. „Alter Seebär" hatte ihn Peggy immer liebevoll genannt. Sein Äußeres erinnerte nun schon fast an den Weihnachtsmann und an manchen Tagen fühlte er sich auch so alt. Doch heute würde es ein guter Tag. Das spürte er.

Arthur folgte dem Geruch. In der Küche traf er

auf ein blondes Mädchen mit einer roten Schleife im Haar, das eine viel zu große, geblümte Schürze über ihre Jeans und das sonnengelbe T-Shirt gewickelt hatte und so einem Kokon glich. Sie war grade dabei, zwei verkohlte Weißbrote aus dem Toaster zu fischen.

„Guten Morgen Emily", erklang Arthurs tiefer Bass. „Riecht ja fabelhaft. Das haut den stärksten Seebären um."

Emily drehte sich um und kicherte.

„Hey, Grandpa. Haben Brandy und ich dich geweckt? Ich bin noch nicht ganz fertig. Muss noch die Eier anbraten."

„Wow, wer hat dir das denn alles beigebracht?"

„Grandma natürlich. Heute gibt es Seebärenfrühstück."

Arthur öffnete das Fenster und ließ die frische Seeluft herein. Sein Blick glitt durch den Raum. Emily hatte schon den Tisch gedeckt. Sogar bunte Servietten und Lavendel aus dem Garten schmückten den runden Holztisch.

„Musst du nicht längst in der Schule sein?"

„Aber Grandpa, heute ist doch mein erster Ferientag."

„Ach so. Ist noch Zeit, dass ich mich vor dem Essen ‚seebärenfein' machen kann?"

„Du bist doch immer ‚seebärenfein'."

Gerührt strich sich Arthur eine Strähne aus der Stirn und drückte seine Enkelin an sich.

Als nächstes balancierte Emily den Eierkarton aus dem Kühlschrank.

„Brauchst du Hilfe, mein Schatz?"

„Aber nein, ich schaff das schon."

„Davon bin ich überzeugt."

Das Telefon klingelte. Ein schelmisches Grinsen umspielte Emilys Gesicht.

„Das ist sicher Mum."

Arthur ging ins Wohnzimmer und nahm den

Hörer ab.

„Kate… Hallo, wie geht´s dir? Gut, danke, mich hat dein Sonnenschein geweckt. Ja, Emily ist hier… Liebes, sie ist doch fast acht und kennt das Schlüsselversteck. Stell dir vor, sie macht mir grade Seebärenfrühstück… Du, es riecht ähm, ich würde sagen …interessant. …Nein, die Küche steht noch… Wirklich? Du kennst sie ja, wenn sie sich etwas in den Kopf gesetzt hat… Von wem hat sie das bloß? … Ach was, Emily stört mich doch nicht. Wir melden uns dann später. …Danke, ich habe einen Bärenjunger. …Ich dich auch."

Auf dem Weg ins Bad warf er einen Blick in die Küche. Emily hantierte noch immer am Herd. Das kleine Gesicht glühte vor Eifer. Ein Ei war nicht in der Pfanne, sondern auf dem Boden gelandet. Arthur lächelte still in sich hinein. Endlich war mal wieder Leben im Haus.

Beim Frühstück plauderte Emily fröhlich weiter.

„Grandpa, hast du gesehen, der Nebel ist fort.
Wir könnten mit dem Boot rausfahren."

„Nein, mein Schatz, ich fahre nicht mehr raus. Ich
bin ein alter Seebär. Ich gehöre an Land."

„Grandpa, du bist doch nicht alt."

„Emily, ich bin schon sehr lange nicht mehr
rausgefahren."

„Ist es wegen Grandma?"

Arthur schwieg.

*Wie genau sie mich kennt, dachte er. Als könne
sie in meinen Kopf hineinschauen. Ohne Peggy
kann ich nicht aufs Meer hinausfahren.*

„Grandpa, du weißt doch, sie ist immer bei uns",
unterbrach Emily seine Gedanken. „Sie wohnt in
unseren Herzen. Das hat Mum gesagt. Bitte, lass
uns zur Adlerinsel fahren, ja?"

„Ich denk mal darüber nach", brummte er.

„Bitte, bitte!" bettelte Emily. „Daniel war neulich bei der Seelöweninsel."

„Und hat er auch erzählt, wie gut die Seelöwen riechen?"

„Nein, aber er sagt, da saßen Millionen auf dem Felsen."

„So, so. Millionen." Arthur schaute in Gedanken nach draußen.

„Wir können nachher im Schuppen nach dem Boot sehen. Aber versprechen will ich dir nichts", sagte er schließlich.

Emily klatschte in die Hände und strahlte. Sie wusste, dass sie so gut wie gewonnen hatte. Ein Seebär gehörte schließlich aufs Wasser…

Eine Stunde später machten sie sich auf dem Weg zum Bootshaus. Arthur hatte noch ein Picknick eingepackt. Man konnte ja nie wissen…

Natürlich war das Boot völlig in Ordnung. Arthurs Zweifel schienen inzwischen verschwunden.

Emily konnte seine Augen vor Freude blitzen sehen oder waren es Tränen, die darin schimmerten?

Es war schon fast Mittag, als sie schließlich mit der „Peggy" hinausfuhren. Emily trug eine orange Schwimmweste und strahlte mit der Sonne um die Wette. Arthur lenkte das Motorboot zwischen den Felsen an den vorgelagerten Inseln vorbei. Kaum eine Wolke zeigte sich am Himmel. Die letzten Nebelschwaden lagen weiter draußen vor der Bucht. Emily schaute auf das Spiel der Wellen, die im Sonnenlicht glänzten. Dann entdeckte sie ein Seeadlernest. Es lag auf einer kleinen Insel hoch oben in der Krone eines kahlen Baumes. Sie fuhren noch ein Stück weiter. Plötzlich drosselte Arthur den Motor und legte den Finger auf die Lippen. „Emily, ich glaube ich habe einen Wal aufgespürt", flüsterte er. Emily hüpfte von einem Bein auf das andere und guckte mit der Hand an der Stirn wie ein kleiner Kapitän aufs Meer.

„Zeig, wo ist er?"

Arthur deutete in Richtung Steuerbord.

„Warte, einen Moment. Ich glaube es sind sogar zwei Grauwale. Sie gründeln am Ufer."

Emily lief zu Arthur und nahm seine Hand. So standen sie und schauten aufs Wasser, genossen den Augenblick. Um sie herum war es so still, als ob die Welt den Atem anhielt.

Die Wale blieben noch eine Weile in der Nähe, dann tauchten sie wieder ab in den Pazifik.

Als der Sommer zu Ende ging, schrieb Emily in der Schule einen Aufsatz über ihr schönstes Ferienerlebnis.

Er begann mit den Worten:

„Dieser Morgen war sonnig und klar…"

Der Plan

„**M**utter ist tot. Was soll ich tun?"

Luis überlegte kurz. Veronas Anruf erreichte ihn auf dem Weg in das kleine Hotel am Stadtrand, seinem Treffpunkt mit Claire. So ein Mist, wieder einmal funkte ihm seine Schwiegermutter dazwischen. Luis hasste sie. Verdammt noch mal, musste sie ausgerechnet heute in ihrer Villa an der belgischen Küste das Zeitliche segnen?

„Wer weiß davon? Hast du schon einen Arzt gerufen, Cherie?" Er versuchte einen kühlen Kopf zu bewahren, sich seine Wut nicht anmerken zu lassen.

„Niemand weiß es", schluchzte Verona. „Ich habe sie grade erst gefunden. Marie hat heute Nachmittag frei. Wenn ich einen Arzt rufe, könnte das viel Unruhe geben. Bestimmt taucht auch die Polizei auf und dann noch die Überführung nach Deutschland."

Verona weinte jetzt bitterlich.

Soviel Grips hatte er seiner Frau gar nicht zugetraut. Bloß kein Aufsehen, war auch sein erster Gedanke gewesen.

„Beruhige dich. Ich komme zu dir. Wir bringen Elfriede über die Grenze. Das wird das Einfachste sein. Und zu keinem ein Wort, hörst du."

„Mit dem Auto?"

„Ja klar. Zuhause kann Doktor Brehm ihren Tod feststellen und wir sparen uns den Ärger und lästigen Papierkram in Belgien."

„Ach Luis, du bist so klug. Was würde ich nur ohne dich machen?"

Luis grinste zufrieden. Ja, was würde sie wohl ohne ihn machen? Jedenfalls hatte sich das Problem „Elfriede" von alleine gelöst. Gut so.

Als er die Villa erreichte, hatte Verona bereits das

Nötigste zusammengepackt. Elfriede saß noch im Wintergarten. Wie friedlich sie aussieht, dachte sich Luis. Alles an ihr passte wie immer perfekt zusammen. Nur ihre grünen Augen mit dem stechenden Blick, der ihm stets das Blut in den Adern gefrieren ließ, starrten ins Leere. Er drückte sie zu. Erleichtert wischte er sich eine Träne aus dem Gesicht. Das deutete Verona falsch.

„Du hast sie wirklich gemocht, nicht wahr Luis?"

„Sicher, Cherie. Wir waren zwar nicht immer einer Meinung. Aber hinter ihrer rauen Schale steckte ein weicher Kern."

„Das hast du schön gesagt", schluchzte Verona und ließ sich von ihm in den Arm nehmen.

Luis lächelte, während er Verona tröstend den Rücken streichelte und Elfriede dabei einen triumphierenden Blick zuwarf.

Er hinterließ Marie, dem Hausmädchen, eine

Nachricht. Sonst würde sie sich am Morgen über das plötzliche Verschwinden von Madame wundern.

Dann trug er seine Schwiegermutter zum Auto und setzte sie auf die Rückbank. Man konnte wirklich meinen, Elfriede sei eingenickt.

Sie kamen gut voran, erreichten schnell die Autobahn. Am liebsten hätte Luis seinen Porsche Cayenne auf zweihundert beschleunigt, wie auf der Hinfahrt. Aber jetzt wollte er bloß nicht von der belgischen Polizei wegen überhöhter Geschwindigkeit angehalten werden. Verona wirkte erschöpft. Sie hatte die Augen geschlossen, schluchzte leise vor sich hin.

Luis überlegte. Eigentlich hätte es gar nicht besser kommen können. Verona würde nun als einziges Kind den Besitz erben. Für das Geschäft interessierte sie sich nicht. Sie war nur schön, aber nicht gerade klug. Er hatte sich jahrelang mit seiner Schwiegermutter herumgeärgert, ihre Launen ertragen und für sie geschuftet. In letzter Zeit hatte Elfriede Heimlichkeiten mit Frank, dem schmierigen Buchhalter. Luis ärgerte sich darüber. Doch das war nun vorbei. Seine besten Jahre würden noch kommen. Der neue Sportwagen und seine Casinobesuche überstiegen bei weitem seine finanziellen Mittel. Gut, dass er Verona damals vor der Hochzeit überredet hatte, auf einen Ehevertrag zu verzichten. Sie standen beide im Grundbuch ihres Hauses. Das Auto lief auf ihn. Die Schulden auf beide. Das hatte Elfriede sehr verärgert. Doch was glaubte sie, warum er sich mit ihrem verwöhnten Töchterchen eingelassen hatte? Im Falle einer Scheidung hatte er ausgesorgt.

Kurz hinter Brüssel riss ihn Verona aus seinen Gedanken.

„Luis, kannst du kurz anhalten? Ich habe

schreckliche Kopfschmerzen. Ich brauche frische Luft und einen Kaffee."

Das passte Luis überhaupt nicht. Aber ein Blick auf seine Frau zeigte ihm, dass es besser war, ihrem Wunsch zu nachzukommen.

„Das war wohl alles zu viel für dich. An der nächsten Tankstelle halten wir an. Aber dann lass uns so schnell wie möglich weiterfahren", sagte er deshalb betont freundlich.

Dankbar lächelte Verona zurück.

Sie parkten ein wenig abseits am Rand der Raststätte.

Während Verona sich frisch machte, holte er zwei Espresso.

Als sie zurück zum Parkplatz gingen, starrte Luis entsetzt auf die Stelle, wo bis vor kurzem sein Porsche gestanden hatte.

„Das Auto ist weg. Das kann doch nicht wahr sein."

„Scheiß auf das Auto, sie haben Mutter mitgenommen", entfuhr es Verona. „Und was jetzt?" Sie sah ihn mit ihren großen Kulleraugen fragend an.

„Was weiß denn ich", explodierte Luis. „Immer muss ich mir was einfallen lassen. Verfluchte Scheiße! Wir müssen die Bullen alarmieren und so tun, als hätte Elfriede im Auto geschlafen."

Verona zitterte. „Sie haben Mutter entführt."

„Verona, deine Mutter ist tot. Ich hätte sie ihnen lebendig gegönnt. Dann wäre der Wagen in zwei Minuten wieder hier, weil sie die Nase von ihr voll gehabt hätten."

„Also Luis, jetzt reiß dich aber zusammen. Wie sprichst du überhaupt von meiner Mutter."

Geräuschvoll schniefte Verona in ihr Taschentuch.

Die Polizei nahm die Anzeige auf und brachte beide zum nächsten Bahnhof. Was für ein

Albtraum...

Zwei Wochen später wurde Luis wegen Mordes an seiner Schwiegermutter verhaftet. Was war geschehen?

Die Polizei hatte das Auto mit seiner toten Schwiegermutter im Kofferraum gefunden. Von den Autodieben keine Spur.

Luis versuchte Verona zu erreichen. Aber die war wie vom Erdboden verschluckt. Das konnte doch nicht wahr sein.

Allmählich begriff Luis. Sie hatten ihn reingelegt. Alles ein abgekartetes Spiel. Vor Gericht beteuerte Luis seine Unschuld. Sie glaubten ihm nicht. Die Beweislast war erdrückend. Seine Schwiegermutter war demnach erdrosselt worden. Es fanden sich Hinweise, die Luis auch mit dem Verschwinden von Verona in Verbindung brachten. Und natürlich kamen seine Schulden als Motiv ans Tageslicht. Sein Plan war nicht aufgegangen.

Verona lebte inzwischen mit Frank, dem schmierigen Buchhalter, in Südamerika und tauchte fortan in Luis Leben nicht mehr auf, Elfriede sei Dank.

Sommer im November

„…**Ja** klar, fast 30 Grad … jede Menge Palmen, sogar hier vor der Telefonzelle…"

Im ersten Moment glaubte ich, ich hätte mich verhört.

Um sicher zu sein, dass ich kein Hörgerät brauchte, trat ich etwas näher heran. „Das gehört sich nicht, Hilde!", meldete sich mein Gewissen. Dennoch lauschte ich weiter.

„…Sicher, Daniel geht es gut, hat grade Tauchkurs… Ne, ich geh nicht in die Sonne. Wer will denn heute noch braun werden? Wahrscheinlich glaubt mir keiner, dass ich im Urlaub war, haha… Ich sitze lieber an der Poolbar…"

So etwas Verrücktes hatte ich ja noch nie gehört!

Es war bei einem meiner täglichen

Nachmittagsspaziergänge mit meinem Hund Charlie, als ich damals Zeuge dieses überaus merkwürdigen Telefongespräches wurde.

Wir hatten Ende November. Draußen war es bitterkalt, die Luft roch nach Schnee. Was erzählte diese Person also da?

„Sei doch nicht so neugierig, geh einfach weiter!", schalt ich mich selber. Aber meine Beine gehorchten mir nicht. Die Ohren blendeten alle Nebengeräusche aus, um mehr von dieser Unterhaltung mitzubekommen.

In der Telefonzelle stand eine große, schlanke Frau mit schulterlangen rotgelockten Haaren, die unter einer gelben Wollmütze hervorguckten. Sie trug einen dunkelgrauen Kurzmantel, dazu kniehohe Stiefel. Sehr gepflegt, doch mit dem Farbklecks auf dem Kopf glich sie eher einer grauen Maus mit einem Stück Käse. Bei näherer Betrachtung entdeckte ich den Koffer, der nicht ganz in das Telefonhäuschen hineinpasste.

Was meinen Sie? Ist Lauschen an einer Telefonzelle erlaubt?

Es war doch so spannend. Das fand sogar mein Hund. Er setzte sich vor die Tür, als wollte er ebenfalls dem Gespräch folgen. Vielleicht war es ihre Stimme, die ihn und mich verwirrte, weil sie nicht zu ihrer äußeren Erscheinung passte. Sie klang laut, ein wenig schrill, eine Spur zu fröhlich, und nicht echt. Sie sprach schnell, fast ohne Punkt und Komma. Nun gut, sie verkaufte am anderen Ende der Leitung schließlich eine unglaubliche Geschichte.

Die Telefonzelle lag abseits der Hauptstraße unter einem großen Kastanienbaum, *ganz sicher nicht umgeben von Palmen*, sondern mitten in unserem kleinen Dorf im Bergischen Land.

Diese Frau hatte ich jedenfalls noch nie gesehen. Sicher war sie nicht von hier. Das ließ auch der

Koffer vermuten. „Gut kombiniert, Miss Marple!", lobte ich mich. Während des Telefonats hatte sie seitlich mit dem Rücken zu mir gestanden. Ich konnte ihr Gesicht nicht erkennen, ihr Alter nicht einschätzen. Doch als sie sich umdrehte, blickte ich in wunderschöne, smaragdgrüne, unendlich traurige Augen. Die ganze Person sackte förmlich in sich zusammen, wirkte auf einmal ganz klein und gebrechlich. Wie konnte jemand, der grade noch so fröhlich geplaudert hatte, plötzlich so hilflos aussehen? Fast hätte ich ihr meine Gehhilfe angeboten, aber das ging wohl zu weit. Schließlich war sie sicher nicht mal halb so alt wie ich. Zitternd öffnete sie die Tür. Nun kam Bewegung in meinen Hund. Er begrüßte sie wie eine alte Bekannte, stupste sie an, winselte und rieb sich an ihrem Bein. Die Frau blickte auf den kleinen Kerl hinab, richtete sich auf und ich merkte, wie sich ihre Züge entspannten, sie die Kontrolle über sich zurückgewann. Erst jetzt schaute sie mich wirklich an. Ich lächelte: „Ich glaube, da hat Sie jemand in sein Herz geschlossen! Wollen wir an der ‚Poolbar‘ etwas trinken?"

Sie zuckte zusammen, sah mich an und verzog die Mundwinkel zu einem schiefen Lächeln. Gleichzeitig liefen ihr Tränen über das Gesicht.

Um es kurz zu machen:

Ella, so hieß die Unbekannte, erzählte mir bei einer heißen Schokolade ihre traurige Geschichte. Von ihrem Freund, der sie betrogen hatte, ihren Eltern, die sie immer vor ihm gewarnt hatten und zu denen sie sich nun nicht zurück traute. Sie hatte einfach ihren Koffer gepackt und war davongelaufen. Am Bahnhof hatte sie auf einer Landkarte mit geschlossenen Augen ihr Reiseziel ausgesucht, war in den erst besten Zug gestiegen und schließlich hier gelandet. Verrückt, oder? Was meinen Sie, war es Zufall oder Schicksal? Wahrscheinlich war ich einfach zur richtigen Zeit am richtigen Ort. Ich nahm Ella bei mir auf. Sie machte Urlaub bei Charlie und mir, allerdings ohne Poolbar.

Das ist nun schon ein paar Jahre her.

Eben ging mein Telefon:

„Ja klar, fast 30 Grad… jede Menge Palmen, sogar hier vor der Telefonzelle…"

Ich lächelte: Sommer im November.

Spaziergang in die Kindheit

Eine kleine Hand zupft ihn am Ärmel. „Opa, wollen wir Hühner füttern?" Der kleine Mann wedelt eine Tüte mit Brotresten hin und her. Alfred Lehmann schaut seinen Enkel liebevoll an. Dieser umarmt stürmisch sein Hosenbein. Alfred denkt, *Hühner füttern fand ich auch toll. Damals, als meine Kinderwelt noch in Ordnung war.*

Er stellt die Harke zur Seite und blickt auf seine Armbanduhr. „Ich mach mich nur rasch schick."

„Aber, du bist doch schick."

„Für den Garten schon, aber in Jeans und Gartenclogs mag ich nicht spazieren gehen."

„Ich mach mich auch schick, Opa! Die neuen Schuhe, ja?"

„Frag mal deine Mama, mein Schatz."

Opa Alfred schaut sich im Vorgarten um. Er ist

zufrieden mit seiner Arbeit für heute. Es riecht nach „frischer" Landluft. Man merkt es nicht nur am Düngergeruch. Der Frühling ist da. Pfeifend geht er ins Haus, während sich der kleine Mann und seine Schwester von ihrer Mama beim Anziehen helfen lassen und es sich im Zwillings-Buggy gemütlich machen.

Langsam spaziert Alfred mit den Kindern die ruhige Seitenstraße entlang. Vorbei an neuen Reihen- und alten Fachwerkhäusern. In den Vorgärten kommen die ersten Krokusse, Schneeglöckchen und Narzissen zum Vorschein. Er hat sich eine Zigarre angesteckt. Sein Hobby und sein Laster, wie er gestehen muss. Davon kommt er nicht los. Der Ersatz für seine verlorene Kindheit. Seine Gedanken führen ihn in letzter Zeit oft in die Vergangenheit zurück. Ob es wohl am Alter liegt? Da sieht er einen älteren Herrn mit einem kleinen Hund auf sich zukommen. Er greift in die linke Jackentasche seiner dunkelgrauen Tweed-Jacke, holt unauffällig seine Streichholzschachtel hervor. Darauf hat er die Namen der Personen notiert hat, die er bei seinen Spaziergängen treffen könnte. *Herr Schubert mit Timmy* – steht dort. Freundlich spricht er sein Gegenüber mit Namen an, plaudert ein wenig.

Der Ort und die Menschen erinnern ihn an früher. Die Kleinstadt im Osten, umgeben von Feldern und Wald. Er fühlt sich endlich wieder zuhause. Anders als in der Großstadt. Dorthin hatte es ihn vor vielen Jahren verschlagen. *Manchmal geht das Leben seltsame Wege, grübelt er. Seit wir hier wohnen, fühlt es sich an wie jeden Tag Urlaub.*

Zärtlich betrachtet Alfred Lehmann die Kinder. Begeistert haben sie eben Hühner gefüttert, dann mit ihm „Ich sehe was, was du nicht siehst" gespielt und gesungen. Jetzt schlafen sie friedlich, halten dabei ihre Teddybären fest an sich gekuschelt. Vor seinen Augen taucht das Bild auf, das er am liebsten aus seinem Gedächtnis löschen möchte: *Der Tag, der alles veränderte.*

Damals Weihnachten 1936. Er erinnert sich an den Teddy, den seine Mutter für ihn genäht hatte. Seine Mutter Martha, die ihn zärtlich Freddy nannte. Glücklich war er mit seinem neuen Freund Paul im Arm eingeschlafen. Er konnte doch nicht ahnen, was in dieser Nacht geschah.

Alfred seufzt, bleibt stehen, schiebt seine Brille hoch. Nein, auch nach all den Jahren mag er nicht daran denken. Sich nicht erinnern an diesen schrecklichen zweiten Weihnachtstag, als er neben seiner toten Mutter erwachte. Bei dem Gedanken spürt er noch heute einen Kloß im Hals. Mit seiner Mutter ist seine Kindheit gestorben. Damals war er grade vier. Der zweite Weihnachtstag - für ihn ein Trauertag. Da will er nicht feiern. Dieser Tag gehört seiner Mutter und ihm. *Doch Vergangenheit ist Vergangenheit*, sagt er sich. Keiner konnte ihm seine Mutter ersetzen. Auch nicht sein Freund Paul. Und seine Stiefmutter, die kurze Zeit später in sein Leben trat, war schlimmer, als die in Grimms Märchen. Er lernte sich anzupassen, immer freundlich zu sein, keinen Ärger zu machen und wurde über Nacht erwachsen. Von früher erzählt er nicht gern. Mit vierzehn fing er an zu rauchen. Nicht aus Spaß, sondern weil er Hunger hatte.

„Kuckuck", reißt ihn eine Kinderstimme aus seinen Gedanken. „Opa Freddy?"

Er holt tief Luft. „Ich bin hier mein Schatz. Hast du gut geschlafen?"

„Ja, du auch, Opa?"

„Nein, ich hab nur geträumt."

Eine weitere Stimme schaltet sich ein. „Opa, mein Teddy mag ein Eis haben, ja?" Das kleine Mädchen mit den blonden Zöpfen strahlt ihn an.

„Vanille oder Schoko?", fragt ihr Zwillingsbruder mit den gleichen leuchtend blauen Augen.

„Ich mag Kirsch, aber Teddy lieber Vanille."

Opa Alfred lacht. „Ihr wisst ja genau Bescheid. Na gut, wir holen erst eure Schwester in der Schule ab und gehen dann bei der Eisdiele vorbei. Aber, was sagt denn die Mama dazu?" „Du, du Schlingel-Opa!" Die Kinder klatschen vor Vergnügen in die Hände.

„Wer isst denn nachher die Suppe?", will Opa Alfred noch wissen.

„Teddy mag Suppe und Opa auch, oder?", grinst das kleine Mädchen.

Kleine Helden

Es war an einem sonnigen Nachmittag in unserer Straße. Der Apfelbaum im Vorgarten trug hell rosa Blüten, im Blumenbeet leuchteten bunte Primeln, Narzissen und Tulpen. Im Fliederstrauch saß eine Amsel und zwitscherte fröhlich. Hummeln und Bienen summten um uns herum. Die Sonne strahlte vom nahezu wolkenlosen Frühlingshimmel und wir jagten Verbrecher.

In den Osterferien hatten Max und ich im Jugendzentrum einen „Detektiv-Kurs" besucht. Klar, dass wir nun einen Verbrecher fangen wollten.

Mein Freund Max und ich gehen in die zweite Klasse. Er wohnt gleich auf der anderen Straßenseite. Nachmittags spielen wir oft mit den anderen Kindern in der Siedlung. Nico, der schräg gegenüber wohnt, ist sechs, also zwei Jahre jünger als wir, und kommt erst im Sommer in die Schule. Trotzdem spielen wir gerne mit ihm, denn er hat immer super Ideen und traut sich fast alles: Auf die Garage klettern und Stöcke hinunterwerfen – zugegeben, das gab mächtig Ärger -, Rampen für Roller und Skateboards bauen, deren Benutzung meist zu blauen Flecken führt.

Im letzten Sommer sind Nico und ich übrigens mal mit geschlossenen Augen Fahrrad gefahren. Ok, ich gebe zu, das war meine Idee. Ich wollte es ja nur mal ausprobieren. Blöderweise habe ich dabei die beiden parkenden Autos unserer Nachbarn erwischt. Zum Glück nur Blechschaden und meine Eltern waren froh, dass die Versicherung für den Schaden aufkam.

Einmal haben wir besonders ausgiebig mit Kreide gemalt – derjenige, der dabei unser Auto verschönert hat, konnte nie ermittelt werden.

Kein Wunder, hier in unserer Gegend wimmelt es nur so von Kindern. Wenn alle draußen sind, sind wir mindestens fünfzehn, wenn Freunde zu Besuch sind, sogar noch mehr. Zu unserer Bande gehören nur die Jungen. Die Mädels haben ihre eigene Bande und wollen meistens nicht mit uns spielen, denn wir sind ihnen zu wild.

Hier bei uns in der Mozartstraße ist also immer was los.

Mama findet unsere Ideen oft nicht so lustig und sagt immer, das sei gefährlich und wir sollten etwas „Vernünftiges" spielen.

An diesem Nachmittag konnte sie mit uns zufrieden sein. Wir waren diesmal zu dritt in geheimer Mission unterwegs. Autos, Garagendächer und Passanten waren heute vor uns sicher. Wir wollten schließlich einen Verbrecher fangen!

Was ein guter Detektiv braucht, hatten wir dabei: Ein Fernglas, das wir aus zwei Klorollen gebastelt hatten, Handschellen aus Tonkarton und Büroklammern, Notizblock und Stift, eine Lupe, Pistolen, Sonnenbrillen und Baseballkappen zur Tarnung. Als Dienstfahrzeug nutzten wir unsere Roller und waren also, wie bereits erwähnt, im Einsatz.

Ein Stück die Straße hoch vernahmen wir Hundegebell. Vorsichtig näherten wir uns, spähten durch unsere Ferngläser. Doch Mist, unsere Tarnung war nicht gut genug. Meine Zwillingsschwester Sophie und ihre Freundin Nina entdeckten uns oder waren es die beiden Hunde Jule und Charlie? Ok, hier waren wir nicht sehr erfolgreich. Wir mussten woanders unsere Ermittlungen aufnehmen.

Da, am Boden verdächtige Kreidespuren. Was bedeuteten sie? Wohin führten sie? Max meinte, sie zeigen in Richtung Bergstraße. Die Verbrecher finden wir bestimmt in dem verbotenen Haus. Wir blickten uns an. Das verbotene Haus übte auf uns eine magische Anziehung aus. Das besagte Objekt, das nur ungefähr hundert Meter entfernt am Fußweg zur Hauptstraße steht, war seit geraumer Zeit unbewohnt, einige Scheiben bereits kaputt, ringsherum auf dem riesigen Grundstück sah es wild aus. Ein Paradies für Entdecker und Detektive. Kai aus der Bachstraße hatte vermutet, dass da vielleicht jemand im Keller wohnt. Er und sein Freund Nils hätten Flaschen entdeckt. Er behauptete auch, dass einige Möbel im Haus stehen und die Klospülung sogar funktioniert. Das klang alles so spannend. Wir wollten gerne mal hinein gehen. Bisher hatten wir uns nur in den Garten getraut. Das war der reinste Urwald, meterhohes Gestrüpp. Nur die vielen Brennnesseln waren unangenehm.

Aber diese Spur mussten wir Detektive auf jeden Fall verfolgen. Grade überlegten wir, wie wir die möglichen Einbrecher fangen könnten, ohne dass auffiel, wie wir verbotenerweise auf dem verfallenen Grundstück unterwegs waren, da holte uns Nicos Oma von unserem Abenteuer in die Wirklichkeit der Mozartstraße zurück. Sie tauchte auf der anderen Straßenseite auf und zeigte auf eine kleine Schüssel.

„Nico", rief sie „komm mal schnell her. Du musst unbedingt Obst essen! Kinder brauchen Vitamine!"

Nico verzog das Gesicht. „Ich will lieber ein Eis haben!", maulte er. Aber gegen seine Oma hatte er keine Chance.

Da hatte ich eine Idee. Ich muss dazu sagen, dass wir Zweitklässler grade in Sachkunde über gesunde Ernährung sprachen und natürlich wussten wir, wie wichtig Obst zwischendurch ist.

Ich klingelte bei mir zu Hause und bat meine Mutter um einen Zauberapfel. Nico guckte neugierig: „Was ist denn ein Zauberapfel?", wollte er wissen.

„Lass dich überraschen. Der ist voll cool!", sagte ich nur.

Kurze Zeit später brachte mir meine Mutter einen Apfel. Ich liebe Zauberäpfel! Sie sind innen ausgehöhlt, die lästigen Kerne also weg, in die Mitte sind Zacken hineingeschnitten wie bei einer Geburtstagskrone. Man kann den Apfel auseinandernehmen und auch wieder „zusammenzaubern". Nico war echt beeindruckt. Ich biss genüsslich in meinen Apfel, schloss dabei die Augen und ließ es mir schmecken. Ich zeigte meinen Freunden, wie man „Türen" Und „Fenster" in den Apfel knabbern kann. Das wollten Nico und Max auch. Wir bestellten bei meiner Mutter gleich noch zwei Zauberäpfel.

Nico hatte inzwischen die Apfelstücke, die seine Oma ihm gegeben hatte, verputzt. Mit dem Zauberapfel lief er gleich zu ihr. Sie war sehr überrascht, dass er nun sogar noch einen zweiten Apfel aß.

Aber das Beste an diesem Nachmittag war, dass uns Nicos Oma jedem zwei Euro schenkte und wir uns in der Eisdiele ein Eis holen konnten.

Die Verbrecherjagd haben wir einfach auf später verschoben, denn richtige Detektive müssen sich bei ihrer anstrengenden Arbeit schließlich auch mal eine Pause gönnen.

Engiabi

Es war eine düstere Novembernacht, und ich war allein Zuhause. Der Hund hatte schon ein paar Mal angeschlagen, als er gegen Mitternacht endlich Ruhe gab. Ich wälzte mich noch eine Weile hin und her, hörte das alte Haus ächzen und knarren und war gerade eingeschlafen, als ich spürte, dass es ganz hell im Zimmer geworden war. Ich öffnete die Augen und sah…

einen Lichtstrahl, der genau auf mein Bett fiel. Durch das Dachfenster sah ich einen Stern, der hell durch die Wolkendecke schimmerte. „Es gibt keine fliegenden Untertassen, Gabi!", machte ich mir selber Mut. – „Herrje, stell dich nicht so an. Du bist eine erwachsene Frau. Das kommt vom vielen Krimilesen. Das nächste Buch wird ein Heimatroman!"

Als ich mich umsah, entdeckte ich meinen Hund auf dem Teppich neben meinem Bett. Er winselte leise, wedelte mit dem Schwanz. Wen begrüßte er so freundlich? Draußen rauschte der Wind durch den Kirschbaum im Garten. Ein Ast klopfte gegen das Fenster. Das alte Haus ächzte erneut. Da vernahm ich ein leises Hüsteln und die Gardine bewegte sich. Warum schlug der Hund nicht an? Ich wollte laut schreien, aber meine Stimme versagte. Unfähig mich zu rühren, starrte ich auf den Schatten. Eine Gänsehaut überzog meinen ganzen Körper. Dann versank alles um mich herum im Dunkeln.

Als ich die Augen wieder aufschlug, drangen leise Harfenklänge an mein Ohr. Es klang wunderschön. Dazu erfüllte ein zarter Lavendelduft die Luft. Ich fühlte mich geborgen, als schwebte ich über allen Dingen. Mein Hund saß noch immer leise winselnd am Bett. Doch neben ihm hockte ein Wesen mit einem karierten Hemd, dunklen Cordhosen und einem leuchtend weißen Schal. Zunächst dachte ich, es sei ein Kind, denn es war von kleiner und zierlicher Statur. Der Eindringling flüsterte meinem Hund etwas zu, kraulte ihn im Nacken.

„Wer bist du und was willst du hier?", fragte ich. Die kleine Gestalt drehte sich um. Nun fiel der Lichtstrahl genau auf ihr Gesicht. Es sah seltsam aus: Die eine Hälfte war glatt, ein Kindergesicht und die andere eingefallen und faltig, als gehörte sie einem Greis. Auf dem Kopf wuchsen bis zum Mittelscheitel feuerrote kurze Haare, die in alle Himmelsrichtungen abstanden. Die andere Seite war nahezu kahl. Nur ein paar weiße Haare waren seitlich zurückgekämmt. Die Kleidung sah bei näherer Betrachtung etwas schmuddelig aus. Die Hose hatte am Knie ein Loch. Der Kindergreis lächelte mich an, als er mit tiefer Stimme antwortete: „Hallo, darf ich mich vorstellen, mein Name ist Karl Engiabi."

„Karl wie?"

„Engiabi, **Eng**el **i**n **A**usbildung."

„Also einen Engel habe ich mir ganz anders vorgestellt. Wo sind denn deine Flügel? Und überhaupt hast du mir einen Riesenschreck eingejagt, Karl Engiabi", fand ich meine Sprache wieder. „Ein Engel in Ausbildung, also. Was bist du, ein Kind oder ein alter Mann? Muss ich etwa ,Sie' sagen?"

Karl klopfte sich den Schmutz von seinen Sachen und hustete.

„Oh Entschuldigung. Bitte nenn mich Karl und natürlich ,Du'. Wir duzen uns alle oben. Ich wollte dir keinen Schrecken einjagen. Das ist heute mein erster Einsatz. Ich muss mir meine Flügel noch verdienen. Wie du siehst befinde ich mich noch mitten in der Entwicklung. Wir Engel verwandeln uns zurück und bleiben auf der Altersstufe stehen, die wir uns bei unserer Ankunft gewünscht haben. Ich wollte wieder ein Kind sein, Abenteuer mit meinen Freunden erleben, den Himmel mit seinem Glasboden, den vielen Blumenbeeten und Guckfenster auf den Kopf stellen."

„Den Himmel auf den Kopf stellen?"

Karl geriet ins Schwärmen und schilderte seine Welt in bunten Farben. Jeder besitzt ein kleines Beet, das er nach eigenen Wünschen bepflanzen kann. Durch ein Fenster können sie zu uns herabsehen.

Nach einer Weile räusperte sich Karl.

„Also, um es kurz zu machen, ich komme, um dich abzuholen."

„Mich abzuholen?"

„Ich möchte dich mitnehmen."

„Bist du der Tod? Ich fühle mich noch nicht alt.

Ich bin gesund und munter, wie du siehst."

„Das ist mein Auftrag und *Er* braucht dich."

„Dein Auftrag? Wer ist *Er*?"

„Na, *Er,* dessen Namen wir nicht in den Mund nehmen. Wir nennen ihn den Duweißtschonwer."

„Duweißtschonwer? Hast du zu viel Harry Potter gelesen? Reiten wir auf einem Nimbus 2000 oder welches Fortbewegungsmittel bevorzugst du?"

„Ich ziehe es vor mit Hektor zu fliegen." Er zeigte zum Fenster. „Dort unten wartet nämlich mein Flugdrachen."

„Dein Flugdrachen? Natürlich. Wo ist die versteckte Kamera?"

„Komm jetzt bitte, lass uns aufbrechen."

„Warte!" Ich blickte an mir hinunter. „Ich will nicht im Nachthemd durch die Gegend fliegen. Ein wenig Zurechtmachen wird doch wohl erlaubt sein?! Und was wird überhaupt aus meinem Hund?"

„Auch sein Weg ist vorherbestimmt."

„Was soll denn das schon wieder heißen? Mein Hund muss auf jeden Fall mit", entgegnete ich bestimmt.

„Mit so viel Widerstand habe ich nicht gerechnet", hörte ich Karl sagen. Er murmelte trotzig vor sich hin: „Ich dachte, ich komm hier rein und sie begleitet mich ohne viel zu fragen. Wenn ich gewusst hätte, wie schwierig der Einsatz wird, hätte ich eine Extraration Himmelskekse gefordert, die mit der goldenen Glasur."

Ich schmunzelte. Rasch suchte ich ein paar Kleidungsstücke zusammen und verschwand im Bad. War das hier ein Traum? Immer noch hörte ich die wunderschöne Musik. Und dieser Duft, einfach betörend. Ich legte ein dezentes Make-up auf. Als ich wieder ins Zimmer trat, sah ich wie Karl am Fenster stand und im Begriff war, sich eine Zigarette anzuzünden.

„Karl, hier ist Rauchverbot", sagte ich streng. „Und Kinder dürfen sowieso nicht Rauchen!"

„Mano, du bist ja wie meine Mutter", maulte er und steckte den Glimmstängel wieder ein.

„Also, was ist jetzt mit meinem Hund, Karl?"

„Wir können ihn mitnehmen, denke ich."

„Na bitte, dann kann es losgehen."

Ich nahm meinen kleinen struppig braun-weißen Vierbeiner auf den Arm und blickte Karl erwartungsvoll an.

Der strahlte. Inzwischen hatte sich sein Gesicht weiter verjüngt und die feuerrote Haarpracht breitete sich auf seinem Kopf aus.

Wir flogen durch die düstere Novembernacht auf das Licht zu und erreichten nach einer Weile das Wolkentor. Ich war beeindruckt. Karl hatte mir nicht zu viel versprochen. Wieder hörten wir die beruhigende Musik, alles war in Pastelltöne getaucht. Wie schön mochte es erst hinter dem Wolkentor sein? Wen würde ich gleich treffen?

Doch da erklang eine Stimme: „Karl, wen hast du denn da mitgebracht? Das ist aber nicht Gertrud Müller!"

„Stimmt, mein Name ist Gabi Meier", warf ich ein.

Karl bekam rote Ohren und begann zu stottern.

„Ich, ich war in-in der der Bachstraße 11. Da-das sta-stand auf meinem Zettet-tel. Wieso?"

„Bachstraße 17. Herrje, das hat man davon, wenn man einen Engiabi losschickt…"

Es war eine düstere Novembernacht. Ich wälzte mich noch eine Weile hin und her, hörte das alte Haus ächzen und knarren. War ich wieder eingeschlafen? Ich spürte, dass es ganz hell im Zimmer geworden war. Ich öffnete die Augen und sah, dass es bereits Tag war.

Später erfuhr ich, dass Gertrud Müller aus

Hausnummer 17 in der Nacht verstorben war. Ich muss sie unbedingt fragen, wie ihre Reise mit Karl und dem Flugdrachen war, wenn ich sie das nächste Mal treffe.

Marianne

Fast geräuschlos glitt der letzte Nachtzug aus der Halle. Der Bahnsteig war leer, bis auf einen einzelnen Mann. Er hatte sich eine Zigarette angezündet und starrte dem Zug nach, dessen rote Schlusslichter rasch kleiner wurden.

Müde wirkte er, der einzelne Mann, verloren. Er war von schmächtiger Statur, saß zusammengesunken auf einer Bank. Sein schneeweißes Haar steckte unter einer dunklen Baskenmütze. Er trug eine Nickelbrille. Die Zigarette glühte, aber er zog nicht daran, sondern starrte dem Zug nach, dessen rote Schlusslichter inzwischen fast verschwunden waren. Der Mann zupfte seinen grauen Lodenmantel über das Knie und verdeckte die gestreifte Hose, die wie eine Schlafanzughose aussah und nicht zu seinen blank geputzten schwarzen Schuhen passte. Dabei starrte er dem Zug nach, dessen rote Schlusslichter nun ganz verschwunden waren. Die Zigarette fiel aus seinem Mund, erschrocken blickte er zu Boden und trat sie aus. Er klopfte die Asche von seinem Mantel, stoppte die Bewegung, tastete die linke Innentasche ab. Er holte einen zerknitterten Umschlag heraus, strich ihn glatt und las den vergilbten Brief:

Michigan, im September 1965

Mein geliebter Ernst,

während ich Dir diese Zeilen schreibe, bin ich voller Freude. So komme ich grade von einem Ausflug mit Dorothee und Nancy an den Michigan Lake zurück. Wir hatten Bauchschmerzen vor Lachen. Kannst Du dir das vorstellen? Wir drei Hühner im Wasser? Ich freue mich so sehr darauf, bald bei Dir zu sein. Diesmal for ever, für immer! Ich schließe die Augen und stelle mir unsere Zukunft vor: wir beide, ein sweet home, vielleicht ein, zwei oder drei Kinder? Was meinst Du? Ich weiß, Du liebst Kinder.

Dafür muss ich Amerika hinter mir lassen. Ich tue es gern, doch ich werde das Leben hier vermissen. Kannst Du es mir nachsehen? Mein Leben ist auch Dein Leben. Dein Antrag letzte Weihnachten machte mich so happy. Ich betrachte meinen Ring mit Deinem Namen. Liebster, ich kann kaum erwarten aus dem Zug zu steigen und Dich in meine Arme zu schließen und nie mehr loszulassen.

In ewiger Liebe

Deine Marianne

Seufzend faltete der Mann den Brief zusammen. Beim Zurückstecken in den Umschlag spürte er einen Widerstand. Im Umschlag befand sich ein goldener Ring. Er nahm ihn heraus und betrachtete ihn, entzifferte mühsam die Inschrift: **Ernst.** Ungläubig starrte er auf den Ring, seine Hände zitterten. Der Ring entglitt ihm und kullerte den Bahnsteig entlang. Er landete vor den Füßen einer Frau, die mit eiligen Schritten auf den Mann zukam.

Er sah zu ihr hoch, ein Lächeln huschte über sein Gesicht. Er versuchte aufzustehen, doch seine Beine gehorchten ihm nicht.

„Marianne!", ein Ruf, mehr eine ungläubige Frage entsprang seiner Kehle. Die Frau hob den Ring auf, ging lächelnd auf ihn zu.

„Nein, Vater. Ich bin's, Doro."

Er hat mich wieder nicht erkannt, dachte sie. Wie oft war ich schon hier, um ihn abzuholen? Ich kann ihn doch nicht einschließen. Wenn Mutter doch noch leben würde.

„Wartest du auf deine Marianne?"

„Marianne?"

„Ach, Vater, sie kommt heut nicht mehr mit dem Zug!"

„Nicht mehr mit dem Zug?"

„Nein, komm, wir gehen nach Hause."

„Nach Hause zu Marianne."

Die Frau half dem Mann auf. Er steckte den Brief zurück in die Manteltasche und murmelte im Gehen: „Marianne."

Fast geräuschlos verließen die beiden die Bahnhofshalle. Der Bahnsteig war leer, der letzte Nachtzug hatte den Bahnhof verlassen. Die roten Schlusslichter waren längst verschwunden.

Die Einsamkeit des Läufers

Sind Läufer einsam? Was meinen Sie, lieber Leser? Sie sind in der Regel beim Training allein. Das ist ihr Schicksal und treffen nur bei Wettkämpfen oder dann und wann unterwegs auf Gleichgesinnte. Manchmal gehören sie einem Lauftreff an und trainieren mit anderen gemeinsam. Das ist nicht der Läufer, um den es mir geht. Denn diese Läufer hören nicht in sich hinein. Sie sind durch ihre Laufpartner abgelenkt. Ich meine die Sorte Läufer, die mehrmals in der Woche einsam ihre Runden drehen. Ich bin so einer. Ziemlich regelmäßig zwinge ich mich dazu, meine Laufschuhe anzuziehen und etwas für die Gesundheit oder besser gesagt gegen mein Hüftgold zu tun, das sich im Laufe der Jahre angesammelt hat. Zugegeben, ich laufe schon sehr lange. Genaugenommen habe ich mit 13 Monaten damit begonnen, aber seit über 30 Jahren jogge ich. Ich starte die Stoppuhr, meine Füße kennen den Weg und schon geht es los:

„Ah, der Anfang ist so schwer. „Wir kommen gar nicht richtig in Schwung", murmeln die müden Beine.

„Wem sagt ihr das", antworten die Knie. „Wir sind ganz eingerostet. Kein Wunder, sie wird eben nicht jünger und wir auch nicht."

Da meldet sich schon der Nächste zu Wort: „Ich hätte wirklich ein paar Dehnübungen nötig", seufzt der Rücken. „Aber dazu hat sie ja hinterher nie Lust."

Ich muss meinem Rücken recht geben. Nach dem Laufen freue ich mich auf die Dusche und ein erfrischendes Getränk. Dehnen ist nicht vorgesehen.

Für ein paar Kilometer ist Ruhe eingekehrt. Ich

genieße die schöne Landschaft, denn meine Laufstrecke führt mich durchs Bergische Land. Vorbei an Feldern und Weiden mit glücklichen Kühen, die träge und widerkäuend herumstehen. Ich überquere einen kleinen Fluss und gelange zu den Serpentinen, die sich zu meinem Lieblingsberg hinauf schlängeln.

„Oh Mann, das tut weh", jammern die Oberschenkel.

„Könnt ihr euch nicht ein bisschen mehr anstrengen", schimpfen sie mit den Knien. Die reagieren beleidigt.

Dafür meldet sich die Lunge: „Ich bin ganz außer Atem, geht das nicht ein bisschen langsamer, sonst mach ich schlapp."

Die Augen werfen nur einen kurzen Blick auf die Stoppuhr. „Nein, langsamer ist nicht drin. Das hier ist Marathontraining und kein Spaziergang", schimpft der innere Schweinehund.

Das geht die ganze Zeit so weiter. Der Magen meldet sich zu Wort und mault, weil er Hunger hat, oder flucht, weil ihm die letzte Mahlzeit Probleme bereitet. Besonders schlimm ist es, wenn ein Zeh über eine Blase jammert. Ständig meldet sich irgendwer zu Wort. Da soll mir noch einer erzählen, dass Läufer einsam sind.

Signale

„Mama, bei dir piept´s!"

Max schreit von oben mal wieder die halbe Straße zusammen.

„Danke, bestimmt von Cilly." „Welchem Willy, Mama?"

„C i l l y, Cecilia, meiner alten Kollegin!"

„Wie alt ist die denn?"

„Steinalt. Mensch, frag mir doch kein Loch in Bauch!"

„Kinder müssen viel fragen, sonst blieben sie dumm!"

Inga grinst, geht vorsichtig in den Flur, wo das Handy auf der Kommode blinkt.

Auf dem Display erscheint: *„Bist du da?"* von C i l l y.

Gute Idee, dieser „Name", denkt sie.

„Aber sicher."

„Freu mich auf dich, Prinzessin!"

Sie spürt Schmetterlinge in ihrem Bauch!

„Vorfreude ist die schönste Freude, Froschkönig!"

Rasch steckt sie das Handy in die Tasche und betrachtet sich im Spiegel: Inga Wagner, 38 Jahre alt, zwei Kinder seit dreizehn Jahren verheiratet. Allerdings nicht mit zehn Kilo von ihr, witzelt **er** gern. Das ärgert sie. **Er**, der so viel unterwegs ist, sie mit den Kindern, dem Haus, dem Alltag alleine lässt. Schokolade ist Nervennahrung. **Er** bringt das Geld nach Hause, hat Karriere gemacht und nur wenig Zeit. Schon gar nicht für sie beide. Und sie? Karriere als Mutter? Mit einem Teilzeitjob, der ihr nicht wirklich Spaß macht. Und Anerkennung für ihre Arbeit? Manchmal fühlt sie sich alleingelassen, gefangen in einem goldenen Käfig.

Ist es das, was ich wollte?, fragt sie sich immer

wieder. David. Ein Lächeln huscht über ihr Gesicht. David ist anders als **er**. Jung, natürlich, lustig, ein toller Tänzer und Frauenversteher. Zugegeben chaotisch, irgendwie ein Kindskopf. Er will Schauspieler werden. Das passt. Er lebt in einer WG in Hamburg, jobbt als Kellner. Sie trafen sich Karneval, als sie mit ihren Freundinnen unterwegs war. *Ganz harmlos*. Drei Jahre ist es her. Drei Jahre Vorfreude auf diesen einen Tag im Jahr, der anders ist. Dieses Jahr haben sie ihre Handynummern ausgetauscht. *Ganz harmlos*. Sie haben telefoniert, über Gott und die Welt erzählt. Nun ist er in der Stadt, hat das Treffen im Rheinpark vorgeschlagen. Ihre Freundin hat den Kopf geschüttelt. **„Bei dir piept´s wohl!** Du spielst mit dem Feuer!"

Wieso? Ein Picknick auf der Wiese. Sie malt es sich in ihrem Kopf aus. Was wird er wohl anhaben? Jeans und T-Shirt? Ob er selbstgemachten Erdbeerkuchen mag? Sie träumt davon, wie sie sich auf der Picknickdecke gegenübersitzen und erzählen, die Welt um sich herum vergessen. *Ganz harmlos.*

Er ist weit weg, diesmal in Barcelona, die Kinder verabredet. Inga streicht sich eine Locke aus der Stirn.

„Max, bist du fertig? Tim wartet auf dich und deine Star Wars Legos!"

Ein kleiner Elefant poltert die Treppe hinunter und marschiert mit seiner Legokiste an ihr vorbei durch den Vorgarten ins Auto.

„Hast du auch nichts vergessen?", fragt sie ihn laut und sich leise. Der Picknickkoffer steht im Auto.

„Nö Mama, alles drin!"

Sie greift nach dem Schlüssel und verlässt das Haus in der ruhigen Seitenstraße am Rande der Großstadt.

„Kommst du, Mama?"

Max lässt ihr keine Zeit zum Nachdenken. Bis zu seinem Freund ist es nicht weit. Schnell haben sie ihr Ziel erreicht.

„Ich hol dich um 18 Uhr wieder ab, ok?" Sie dreht sich nach hinten um.

„Was machst du heute, Mama? Warum hast du ein Kleid an?"

„Hab ich dir doch gesagt, ich treffe mich mit Cilly, meiner früheren Kollegin in Köln."

Die Lüge geht so leicht über die Lippen.

„Warum kann ich nicht mit?"

„Ist doch langweilig, wir quatschen über alte Zeiten!"

Zwei große, braune Kinderaugen blicken sie vorwitzig an.

„Dann viel Spaß beim Kaffee-Klatsch mit Willy, Mama!"

Er drückt ihr einen feuchten Kuss auf die Wange

und steigt aus. Sie winkt ihm zu, fährt los.

Ob er etwas gemerkt hat? Ein Blick in den Rückspiegel. Zuviel Kajal oder Lippenstift? Sonst schminkt sie sich eher selten. Sie ist eher der Typ „Mutti". Halblanger Pferdeschwanz, praktisch für Hause und den Job. Eigentlich zieht sie sich gerne an wie jetzt. *Warum nicht öfter?*

Das Handy reißt sie aus ihren Gedanken. Ich muss unbedingt den Signalton ändern, denkt sie und fährt rechts ran.

„Hallo Schatz, bin gut gelandet. Tolle Stadt- mit dir bestimmt noch viel schöner. Wann fliegen wir?☺ Vermisse dich und unsere Rasselbande zu Hause. Kuss…"

Inga starrt auf ihr Handy. Ihr wird heiß und kalt. Sie spürt einen dicken Kloß im Hals, ihr Herz klopft wild. **„Bei mir piept`s!"**, denkt sie, als sie den Wagen startet und der Sonne entgegenfährt.

Die Büroklammersammlung

Denken Sie alles im Leben ist vorherbestimmt? Jo Feddersen glaubte nur an die Verlässlichkeit seines detaillierten Zeitplanes, der ihn sicher durch den Tag führte. Er überließ nichts, aber auch rein gar nichts dem Zufall. Mit der Büroklammersammlung fing alles an. Sie war an jenem Freitag um 16.27 Uhr der Auslöser für die Verzögerung. Sonst hätte er seinen üblichen Bus bekommen. Der Tag wäre so abgelaufen wie immer, denn er hatte auch so begonnen wie jeder in seinem wohl geordneten Leben. Doch diesmal endete er völlig anders.

Am darauffolgenden Montag betritt Jo Feddersen mit einem Rucksack und seinem Fahrradhelm unter dem Arm pfeifend die Empfangshalle der Versicherungsgruppe, in der er seit zehn Jahren als Sachbearbeiter tätig ist. Der Pförtner schaut erstaunt auf: „Oh, so sportlich. Heute sind sie aber spät dran, Herr Feddersen."

„Es ist nie zu spät für eine Veränderung", antwortet Feddersen augenzwinkernd und geht leichten Schrittes an dem verdutzten Pförtner vorbei zum Aufzug. Im Büro ordnet er seine kurzen dunkelblonden Haare und zieht ein Jackett über sein weißes T-Shirt. Dabei blickt auf seine ordentlich aufgereihten Döschen mit den verschiedenen Büroklammern aus aller Welt, die seinen Schreibtisch schmücken. Er schüttet alles zusammen. Dann lässt er sie in seinem Schreibtisch verschwinden und grinst. Kurze Zeit später steckt sein Kollege Karl den Kopf zur Tür herein.

„Hey, Feddersen, alter Junge, wo hast du gesteckt? Oh, welch saloppes Outfit. Steckt da etwa eine Frau dahinter?"

Feddersen lächelt vor sich hin.

„Komm, mach`s nicht so spannend, was ist los?"

„Nichts. Ich bin mit dem Rad ins Büro gefahren. Hatte keine Lust mehr auf den Bus."

„Nichts??? - Feddersen, ich erkenne dich nicht wieder. Du stehst jeden Morgen exakt zur selben Zeit auf, fährst _immer_ mit dem Bus ins Büro, kochst Kaffee für uns und sitzt mit Anzug und Krawatte pünktlich um 7.30 Uhr als Erster am Schreibtisch. Du verlässt genau um 16.30 Uhr deinen Arbeitsplatz, nimmst den Bus zurück und verbringst den Abend in deiner Junggesellenbude vor dem Fernseher. Dein Leben ist sozusagen auf die Minute genau vorhersagbar. Doch jetzt haben wir gleich halb neun und du tauchst hier mit Jeans und T-Shirt auf. Also, was hat deinen Zeitplan durcheinandergebracht?"

„Tja, interessante Frage. Lass uns später weiterreden. Ich bin heute, wie du siehst, etwas später dran und muss jetzt loslegen." Feddersen hat plötzlich keine Lust mehr sich weiter zu unterhalten. Er will seine Geschichte nicht erzählen, noch nicht, denn er kann sie selber kaum glauben. Bei dem Gedanken, was seit letztem Freitag passiert ist, wird ihm ganz warm ums Herz. Die Büroklammern waren ihm um genau 16.27 Uhr runtergefallen und er musste sie schnell aufsammeln. Es war bereits 16.37 Uhr, als alles wieder sortiert war. Sieben Minuten zu spät. Er wollte schnell nach Hause, weil um 17.30 Uhr die Schach-WM im Fernsehen lief. Zu eilig war er zur Bushaltestelle gelaufen. Er übersah einen Bordstein, stolperte und dabei hatte sich der Inhalt seiner Aktentasche auf dem Bürgersteig selbständig gemacht. Ein gelber Smiley-Radiergummi war einer jungen Frau vor die Füße gekullert. Sie hatte ihn lächelnd aufgehoben und mit Feddersen ganz selbstverständlich alle seine

Sachen eingesammelt. Sein Bus war längst fort. Die beiden kamen ins Gespräch. Sie kenne ihn, meinte, er wohne im selben Haus wie sie in der Lindenstraße. Feddersen hatte die Frau noch nie wahrgenommen. Dabei sah sie ausgesprochen nett aus mit ihrem frechen Pferdeschwanz, der Jeans und ihrer geblümten Tunika. Sie hatte ein bezauberndes Lachen und schaffte es, dass er seine Schüchternheit Frauen gegenüber aufgab. Er erzählte von sich und seinem Job und merkte dabei, dass es eigentlich nicht viel zu erzählen gab. Doch Marie interessierte sich für ihn.

Dann berichtete sie von ihrer Arbeit im Kindergarten. Er hörte ihr fasziniert zu. Sie war ausnahmsweise nicht mit dem Rad unterwegs, weil es morgens stark geregnet hatte. Warum war er eigentlich in all den Jahren noch nie mit dem Rad zur Arbeit gefahren? Wieso waren sie sich ausgerechnet jetzt und hier begegnet? War es Zufall oder Schicksal?

Feddersen ging nachdenklich und verwirrt nach Hause und fand seine Wohnung plötzlich leer. Er hatte keine Lust mehr auf die Schach-WM. Es dauerte einen Moment bis er begriff. Er zögerte, aber dann klingelte er bei ihr. Als Marie öffnete, hielt er ihr den Smiley-Radiergummi und eine Flasche Rotwein hin. Sie sah ihn an und schmunzelte. Da wusste Feddersen, was ihm bisher gefehlt hatte. Den Smiley-Radiergummi hat Marie an ihre Wohnungstür geklebt und zwei bunte Büroklammern daneben.

Ein fast vergessener Freund

Sie kennen sich schon eine Ewigkeit. Genaugenommen, seit er an ihrem ersten Geburtstag in ihr Leben trat und sich hoffnungslos in das kleine Mädchen mit den blonden Löckchen und himmelblauen Augen verliebte. Sie verstanden sich auf Anhieb, anfangs auch ohne Worte. Später, als das kleine Mädchen sprechen lernte, hörte er ihr stundenlang zu. Seine runden Ohren standen stets auf Empfang wie kleine Sattelitenschüsseln. Mit diesen nach oben aufgerichteten Lauschern vernahm er jedes noch so leise Flüstern des kleinen Mädchens.

„Du bist der Einzige, der mich wirklich versteht!", hat sie oft zu ihm gesagt und ihn an sich gedrückt. Mit seinem zotteligen, grau-braunen

Fell trocknete er manche Träne. Sein harter Körper war gefüllt mit Holzwolle, die steifen Arme und Beine ließen sich nicht biegen. Er konnte sitzen, stehen und liegen oder einen Purzelbaum machen, wenn das kleine Mädchen ihm dabei half. Sein kugelrundes, freundliches Gesicht mit den dunkelbraunen Glasaugen, der spitzen, schwarz gestickten Nase und dem verschmitzt lächelnden Mund, verlieh ihm ein liebenswertes Aussehen. Man musste ihn einfach gernhaben, auch wenn er keine wirkliche Schönheit war. Viele Male wurde er in seinem Teddybärenleben hoch in die Luft geworfen und lachend wieder aufgefangen. Er hielt Einiges aus. Andere Stofftiere traten in das Leben des kleinen Mädchens, aber an Teddy kam keiner heran. Keine Puppe mit Schlafaugen und Rüschenkleidchen, keine kuschelweiche Ente mit lustiger roter Mütze, die an Rotkäppchen erinnerte. Teddy mit seiner bunt karierten Jacke und der gestrickten beigen Hose war der Liebling des kleinen Mädchens. Sie nahm ihn überall mit hin. Ob im Puppenwagen, mit Puppengeschirr am Essenstisch oder im Urlaub. Teddy war immer dabei. Er durfte neben ihrem Kopfkissen liegen, zugedeckt mit einer weichen, gelben Decke und bedacht mit einem liebevollen Gute-Nacht-Kuss. Was könnte Teddy für Geschichten erzählen. „Weißt du noch wie wir damals im Volksgarten Fahrradfahren gelernt haben? Ich saß immer vorne in deinem rot-weißen Fahrradkörbchen. Manchmal wurde mir schwindelig, wenn du schnell wie ein Blitz um die Kurven gesaust bist. Kein Abhang war dir zu steil, kein Weg zu steinig. Wir haben so viele Abenteuer erlebt. Ich erinnere mich genau an deinen ersten Schultag, als du mich heimlich in die Schule geschmuggelt hast. Du hattest mir sogar eine kleine Schultüte gebastelt. Die anderen Stofftiere haben mich beneidet. Vor allem an unseren Geburtstagen, wenn ich auch einen kleinen Geburtstagskuchen und zur Feier des Tages neue Handinnenflächen und Fußsohlen aus rosa Filz aufgenäht bekam."

So oder ähnlich würde Teddy, der nie einen anderen Namen hatte, möglicherweise aus der Erinnerung plaudern. Bestimmt hat er Herrn Fischer seine Lebensgeschichte erzählt und ihm auch von dem traurigen Erlebnis berichtet, als das kleine Mädchen im vierten Schuljahr auf Klassenfahrt ging und ihn nicht dabeihaben wollte.

„Ich kann dich diesmal nicht mitnehmen. Dann sagen alle ich bin ein Baby und lachen mich aus!", sagte sie damals und so blieb er eine Woche alleine und wahrscheinlich sehr traurig zurück.

Diese Entscheidung hat das kleine Mädchen bitter bereut. Denn natürlich hatten alle anderen

Kinder ein Kuscheltier dabei, nur sie nicht. Sie wollte ja schon erwachsen sein und hat dabei ihren Teddy schmerzlich vermisst. Aber wie sehr hat er sich gefreut, als sie zurückkam, ihn wieder hoch in die Luft warf und ihm versprach, ihn nie mehr zu verlassen.

Nun sitzt er seit Jahren auf der Anrichte im Schlafzimmer, gleich neben Herrn Fischer, seinem Kollegen. Wahrscheinlich haben sich die beiden Teddybären lange miteinander unterhalten und sind inzwischen befreundet, denn schließlich teilen sie das gleiche Schicksal. Sie sind fast vergessene Freunde.

Herr Fischer könnte zu Teddy sagen: „Da beneide ich Sie aber sehr, Herr Teddy. Ich habe nicht solch ein glückliches Teddybärenleben wie Sie genossen. Auch wenn die Geschichte mit der Klassenfahrt sehr traurig ist. Mein kleiner Junge hat nicht so viel mit mir gespielt, mich schon gar nicht überall mit hingenommen. Ich glaube, er hat mich schon gerngehabt, aber nach kurzer Zeit, wurde ich gegen Lego, Bausteine und Autos ausgetauscht und landete schließlich auf dem Dachboden."

Teddy wird ihn ungläubig angesehen haben. „Das ist ja schrecklich. Wirklich auf dem dunklen Dachboden? Etwa in einer Holzkiste?"

„Genau, Sie sagen es, in einer alten Holzkiste zusammen mit den anderen Spielsachen, die keiner mehr haben wollte. Doch zum Glück fand mich vor ein paar Jahren die Mutter des kleinen Jungen und gab mich dem kleinen Mädchen als Andenken mit. Der Rest der Geschichte ist ja bekannt. Seitdem sitzen wir hier beide im Schlafzimmer und hoffen auf ein Wunder."

Teddy wird verständnisvoll nicken. Er ist inzwischen in die Jahre gekommen. Seine dunkelbraunen Augen, die damals im

Sonnenlicht wie Sterne funkelten, haben ihren Glanz verloren. Müde blicken sie dem Betrachter entgegen. Das kleine Mädchen geht achtlos an ihm vorüber und hat ihn solange nicht mehr in den Arm genommen.

Aber als hätte sie etwas von der Unterhaltung der beiden Teddys mitbekommen, hat sie ihn heute hochgehoben und lange betrachtet. Sie hat ihn an sich gedrückt und seinen wohlbekannten, typischen Teddygeruch in sich aufgenommen. Wie ein Freund, den sie lange nicht gesehen hat und, der ihr doch gleich wieder vertraut ist. Seine blau-weiß gestreifte Jogginghose mit dem passenden Oberteil steht ihm immer noch ausgezeichnet. Die hat er mal vor vielen Jahren zum Geburtstag bekommen. Man sieht ihm sein Alter gar nicht an. Nur seine Stimme hat nachgelassen. Früher war ein lebhaftes Bääääär zu hören, sobald man ihn vom

Rücken auf den Bauch drehte, heute vernimmt man nur noch ein brummiges brrröööööö, wenn man Teddy auf den Rücken klopft. Ansonsten ist er stumm. Aber das kleine Mädchen, das inzwischen längst erwachsen und seit langem mit dem Besitzer von Herrn Fischer verheiratet ist, hat die Teddys tatsächlich heute ins Wohnzimmer geholt. Dort hat sie die zwei auf das Sofa gesetzt und gesagt: „Das habt ihr beiden nicht verdient, im Schlafzimmer einzustauben. Ihr solltet da sein, wo immer was los ist."

Und ob Sie es glauben oder nicht, das kleine Mädchen hatte das Gefühl, dass die Augen von Teddy und Herrn Fischer geleuchtet haben und ihr alle beide zugeblinzelt haben, fast wie früher…

Ein herzliches Dankeschön

♥ an meine Familie für die Inspiration zu der ein oder anderen Geschichte und das Korrekturlesen

♥ an meinen Mann für die Hilfe am Computer

♥ an Sie, liebe Leserinnen und Leser, für das Interesse an diesem Buch